LETTRE À HERVÉ

Copyright © 2016 Éric Sagan
All rights reserved

Edité par l'auteur à Cogny (Rhône)

Dépôt légal : mars 2016
Achevé d'imprimer en mars 2016

ISBN-13 : 978-2-955639108

(v0328)

Lettre à Hervé

Éric Sagan

Ce petit livre est dédié à tous ceux qui se reconnaîtront dans cette histoire, et plus encore à tous ceux dont la plus grande peur serait de recevoir une telle lettre.

Belle vie à tous. Elle le mérite.

Préambule

Ce livre a une histoire.

Il était une fois un garçon d'une vingtaine d'années. Qui tombe amoureux d'un mec. D'un mec hétéro. Rien de très original. Mais ce garçon se met en tête d'écrire une lettre. Dans cette lettre, il va raconter sa vie, son enfance, ses peurs, ses péripéties d'enfant normal, ou presque.

Cette lettre il la donne à Hervé. Et il la donnera également plus tard à ses parents, en se rendant compte qu'il n'avait jamais rien écrit de mieux pour expliquer qu'il était différent.

Des années passent. Il reçoit alors l'appel d'un inconnu : le psychologue de son père. Il apprend que son père s'était lui aussi servi de cette fameuse lettre, pour parler de son fils sur le divan. Pourquoi ce psy avait-il appelé ? Pour demander l'autorisation de faire lire cette lettre à un autre patient, dont le fils était gay, lui aussi. Pour l'aider à accepter son fils.

Cette histoire, vraie, et d'autres événements de la vie, allaient finir par me convaincre de publier cette lettre, sous forme de fiction, en préservant l'authenticité de l'original.

Ce livre, ce n'est pas le reflet de mes pensées d'aujourd'hui. C'est la lettre, brute, parfois maladroite, d'un gamin de vingt-quatre ans, qui se cherche encore.

Ce livre, ce n'est pas un roman, ce n'est pas une analyse psychologique. Vous n'y trouverez pas de réponse directe à toutes les questions que vous vous poserez peut-être... Vous n'apprendrez rien de plus sur le psychologue et son patient : je n'en ai pas su moi-même davantage après son coup de fil. Vous en apprendrez peu sur ma vie d'adulte, celle qui, pour moi, débutera vraiment le jour d'après. Le jour qui suivra le moment où j'ai donné cette lettre à Hervé.

Ce livre ne prétend rien expliquer, rien démontrer.

Ce livre, ce n'est pas une histoire d'amour. C'est l'histoire d'une déclaration d'amour.

Ce livre, c'est juste une lettre.
Puis une deuxième.

13

La première lettre

1

Hervé,

Depuis que tu as vu ce putain de cahier oublié dans ton sac de sport, je ne dors plus. Ce cahier que tu n'aurais jamais dû voir. Je ne viens plus à l'entraînement. Je n'ose plus croiser ton regard. Je n'ai plus le courage de te parler en face. Tu dois me prendre pour un fou. J'ai imaginé la scène des centaines de fois. J'ai cherché des mots, j'ai cherché des excuses, j'ai inventé des dizaines d'histoires pour expliquer ce cahier... Qu'il n'était pas à moi... Euh, si, en fait, il est à moi, mais ça parle d'un autre mec. Oui un autre mec qui me ressemble, mais ce n'est pas moi. Non tu ne le connais pas. Ou alors, c'était un pari... Et puis j'étais ivre... Oui c'est ça, j'étais ivre, j'ai fait un pari, et puis là, bam, je suis enlevé par des créatures extra-terrestres qui passaient par là pour faire des expériences. Pas de bol. C'est crédible ça ?

J'avoue, je cherche à te faire rire. Sourire un peu au moins ?

J'ai du mal à vraiment commencer... Ce que tu as vu dans ce cahier... tout est vrai. Mais ce cahier, c'est comme si j'avais pris ma vie et que j'en avais découpé une petite tranche, à vif, au hasard, pour la disséquer, la lacérer, puis l'exposer, nue, sous les spots de blanc froid d'une salle chirurgicale.

Alors voilà, cette lettre, c'est pour remettre cette tranche à sa place, recréer l'éclairage d'origine, retisser les liens entre les personnages... Pour que, peut-être, tu puisses comprendre. Pour que, peut-être, tu puisses accepter.

Ce que je vais te raconter, j'aurais été incapable de le faire face à toi. C'est tellement plus simple de parler à du papier. C'est gentil le papier, ça absorbe l'encre bien noire, gentiment, sans rien dire. Ça ne dit rien, ça accepte tout.

Tu es assis confortablement ? Bon... C'est paraît-il impoli, je vais te parler de moi. En hors-d'œuvre, on commence cool avec une petite enfance aigre-douce, suivie d'une adolescence sauce psycho. En plat de résistance, une bonne tranche d'Amour... Quelle cuisson ? Saignant ? C'est servi avec sa julienne de fantasmes. En dessert... on va prendre la surprise du chef, en espérant que ça ne soit pas trop lourd.

Le tout arrosé par une bonne bouteille d'acide caustique 1992, histoire de se prendre une bonne cuite de lucidité.

Tu ne viens pas de manger ? Je n'aimerais pas que tu vomisses en route.

Tu excuseras, j'espère, la qualité un peu naze du service, les fautes de goût et, parfois, l'attente entre les plats...

2

L'enfance aigre-douce... Est-ce que toutes les enfances ne laissent pas comme une saveur aigre-douce ? Je ne me souviens pas de grand-chose avant cinq ans. Le peu que je connaisse de cette époque, je l'ai recueilli de mes parents, de la famille, par-ci, par-là.

La famille de mon père s'était – depuis combien de temps ? –, installée à Tunis. Mon grand-père y était directeur d'école, ma grand-mère institutrice. De cette union inévitable, naquit une fille, Christiane, et un fils, Jean. Les événements qui suivirent – voir n'importe quel manuel d'histoire –, les contraignirent à quitter la Tunisie et à rejoindre Marseille. Le hasard se chargea de les envoyer à Nice, dans une petite école austère du centre-ville. Là, mon grand-père ne trouva rien de mieux à faire qu'y mourir. Jean n'avait alors que onze ans. Ma grand-mère, douce et droite, s'acharna alors vaillamment à aplanir la vie de ses enfants et du monde, afin d'éviter de voir les ornières et les précipices de sa propre route. Elle continue encore aujourd'hui.

Jean supporta mal la mort de son père, rejeta la tendresse de sa mère, et s'engagea à prouver sa valeur au monde entier, au destin hostile, et à lui-même. Il devint alors crâneur et macho. Il resta toutefois intelligent. À quinze ans, il rencontra une jeune fille naïve, belle, issue d'une famille bourgeoise de la région. Elle s'appelait Claire et avait dix-huit ans. Sa candeur, sa féminité, l'admiration débordante et irraisonnée qu'elle lui portait, la facilité avec laquelle il pouvait se montrer supérieur à elle, le plaisir qu'elle en tirait, les pulsions de sa jeunesse incontrôlable, et, sans doute, l'amour, poussèrent Jean à en faire ma mère.

Là-dessus, hop, j'interviens. Ma mère avait vingt-et-un ans, mon père dix-huit. Nous étions le 9 Août 1968. J'imagine qu'il devait faire chaud.

Et mon enfance passa, comme aurait chanté Jacques... En 1969, nous quittions Nice pour Paris. Mon père entrait à l'École supérieure – il lui fallait au moins ça – de commerce de Paris. Ma mère s'occupait de moi, beaucoup.

Je crois que les parents s'arrangent toujours pour être fiers de leur bébé. Surtout quand il s'agit du premier. Je fus affublé de toutes les qualités. Je fus proclamé beau, intelligent et je commençai à marcher et à parler plus tôt que n'importe qui. Signe particulier : je tenais à tout prix à faire passer mon père au vide-ordures. Aujourd'hui, j'aimerais vraiment comprendre pourquoi.

Nous quittâmes Paris pour Lyon dans ma cinquième année. Je ne garde de Paris que quelques musiques de manège enfantin, la vision vernissée de notre petit appartement rue du Soleil, l'odeur âcre d'un bac à sable, mêlée à celle, si particulière, des stations de métro parisiennes, cette odeur si puissamment évocatrice que lorsqu'elle m'assaillit par surprise des années plus tard, je fus instantanément transformé en petit garçon, dont le regard arrivait juste à la hauteur de la main de sa mère, à laquelle je m'agrippais fermement, effaré par la foule.

J'avais donc cinq ans, ou presque, lorsque nous nous installâmes dans le quartier de Champerret, 24 Avenue de Saint-Exupéry, à Sainte-Foy-lès-Lyon, dans un F4 perdu au cinquième étage d'une barre d'immeuble qui en comptait quinze.

Je me familiarisais petit à petit avec mon nouvel environnement. Au nord et au sud de ma chambre, des murs. À l'est, un parking, et au-delà un terrain vague qui disparaissait sous l'orée d'un bois mystérieux. À l'est, se trouvait tout ce qui peut faire la joie d'un gosse : le parking où faire du patin à roulettes; le terrain vague où de temps en temps de grands messieurs venaient allumer des feux nauséabonds; et le bois bien sûr...

Le bois ! Le bois où j'ai bâti d'éphémères cabanes et construit des pièges inoffensifs; le bois qui abritait une grotte sombre et profonde sur laquelle planaient d'effrayantes légendes enfantines; le bois où les grandes personnes nous interdisaient de nous promener le soir, car un bois attire toujours à lui quelques rumeurs sordides, et le nôtre, n'échappant pas à la règle, possédait « son sadique » qui, sans originalité, rôdait la nuit dans l'attente de quelque victime innocente; le bois où, pendant des années, j'allais aimer vagabonder, seul.

À l'ouest, d'autres barres, d'autres murs... Et l'École, autre contrée mystérieuse où je n'avais encore jamais mis les pieds, et encore moins l'esprit. Un an passa et c'est lors du printemps qui suivit que ma mère m'y conduisit pour la première fois. Je fus héroïque. Ce n'est que deux heures après qu'elle m'eut lâchement abandonné que j'éclatai en sanglots.

Je ne compris que bien plus tard le rapprochement entre mes débuts scolaires et la révolution qui suivit quelques mois plus tard. La révolution débuta dans un bain de sang et de plasma. De là, jaillit mon petit frère... Grégory.

Nous étions en janvier 1974 et je venais d'entrer en cours préparatoire. Comme tout fils unique qui se respecte et qui voit son statut remis en cause au bout de cinq ans, je fus d'abord jaloux, puis bientôt agacé par cet être stupide (il était nécessairement stupide puisqu'il fallait tout lui expliquer) qui ne tarda pas à m'admirer (signe supplémentaire de son infériorité) et à venir fouiller dans mes affaires. Je n'ai appris à le respecter et à l'aimer que bien plus tard.

Peut-être trop tard.

3

Mon père travaillait à l'époque comme adjoint d'une direction quelconque, dans une société de distribution alimentaire, à Villeurbanne, au-delà de mon univers observable. Il partait à huit heures et revenait le soir vers dix-neuf ou vingt heures. Il se rendait souvent à Lille et restait alors absent un jour ou deux. Il ne s'entendait pas avec son responsable hiérarchique. Cela restera une constante dans tous les emplois que mon père occupera : il ne s'entendra jamais avec le mec au-dessus de lui qui, invariablement, sera borné, despotique, et lui volera ses meilleures idées, étouffant son talent, phagocytant son génie.

Mes parents recevaient assez fréquemment des amis à dîner. Mon père jouait alors à la perfection le rôle du jeune cadre ambitieux et brillant, exprimant un avis sur tout, narrant avec brio plaisanteries légères, anecdotes bien senties, ponctuées d'opinions péremptoires sur la politique, le cinéma, l'économie, la littérature et l'avenir de l'univers.

Il affectionnait tout particulièrement de relater les derniers épisodes de sa vie professionnelle. Ses récits mettaient en scène avec habileté ses compétences inégalées, les dernières traîtrises ourdies par ses chefs, les dernières manœuvres sournoises de quelques collègues jaloux.

Il arrivait parfois que l'un des invités se lance dans une joute oratoire contre mon père. Il les remportait la plupart du temps, quitte à s'en tirer en jouant son va-tout : il assommait alors l'adversaire par l'annonce bien amenée de la valeur de son QI. Mon père raffolait des tests de QI.

Ma mère, parfaite également dans son rôle de femme au foyer, entre deux allers-retours à la cuisine, laissait parfois échapper une question ou même un avis. Elle était alors immanquablement rabrouée par mon père, qui ne se privait jamais de l'humilier devant nos invités au moindre faux pas, au moindre lieu commun, au moindre signe de faiblesse intellectuelle. Et ma mère n'était vraiment pas difficile à piéger.

J'admirais mon père autant que je le craignais.

Je l'admirais dans ses démonstrations de supériorité perpétuelles. J'admirais son savoir qui semblait sans borne. Je l'admirais alors qu'il mimait des gestes de karaté, distribuant des coups de poing sur des planches en bois, exhibant fièrement sa ceinture noire. Je l'admirais au volant, maniant notre modeste Renault comme une formule 1. Je l'admirais tandis qu'il m'apprenait à jouer aux échecs, patiemment, mais m'écrasant à plate couture à chaque partie. Je le craignais aussi.

Je craignais cette créature qui semblait accompagner mon père partout, sorte de double de lui-même, créature inquiétante, invisible, insaisissable, tel un spectre agissant dans l'ombre, mais dont j'avais pu constater des manifestations bien réelles. Je craignais ces éclats de voix sinistres que je percevais parfois, la nuit, étouffés, s'échappant de la chambre de mes parents. Je craignais ce revolver chargé que j'avais découvert par hasard, bien caché au fond d'une armoire. Je craignais cet impact de coup de poing qui était apparu subitement, un matin, transperçant la porte en bois de la cuisine.

Hervé... Je me rends compte que je te parle de mes parents en espérant reporter un peu le moment où il va falloir que je te parle vraiment de moi.

Comment me dépeindre à cette époque ?

Ce n'est pas facile. J'ai tendance à vouloir noircir le portrait, tel un dévot libéré par le confessionnal, vomissant mes fautes et mes errements, encouragé par un plaisir obscur. J'ai l'impression de démontrer ma lucidité en les décelant et de les expier en les avouant. D'un côté, je me complais à les jeter à la face du monde, quitte à en inventer, peut-être pour afficher une singularité par rapport au troupeau beuglant qui, lui, ne peut pas fauter puisqu'il ne sait pas ce qu'il fait. D'un autre côté, j'aime aussi apporter un éclairage arrangé et complaisant à tel ou tel acte qui me dérange... L'un dans l'autre...

    Physiquement, j'étais assez maigre, surmonté d'une touffe blonde et bouclée. Je ne me trouvais pas beau. J'étais certainement intelligent. Au sens bête. De cette intelligence qui permet d'avoir de bonnes notes à l'école. De cette intelligence stupide qui pousse à se croire supérieur aux autres et à vouloir les écraser. De cette intelligence maudite qui apporte l'exclusion.

4

Je ne sais pas comment cela a commencé. Sûrement très simplement... Des copains avec qui j'ai joué au foot en me ridiculisant ? Un défi de gosse ? Une chute en patin à roulettes ou à la marelle ? Une bagarre que j'ai perdue peut-être ? Et puis le rire moqueur des « autres » devant le vaincu. La vie d'un gosse est riche de ces humiliations dont on pense ne jamais se relever.

Il y a alors ceux qui cherchent à continuer à faire partie du groupe, soit en acceptant leur infériorité, soit en relevant le défi et en tentant, cette fois-ci, de le remporter. Et puis il y a ceux qui répondent au mépris par le mépris. Et qui, ce faisant, s'excluent du groupe.

J'ai pour ma part réagi très intelligemment : puisque j'avais perdu et que, pourtant, je valais plus que les autres, il fallait donc bien que ces jeux de gamins qui consistent à frapper dans un ballon, à lancer des billes ou à sauter à cloche-pied soient parfaitement ineptes.

Il fallait donc bien que tous ces gosses ridicules qui se moquaient de moi soient au centre d'un complot qui me visait ou, plus probablement, qu'ils soient stupides... Je me devais donc de les mépriser. Je me devais donc de mépriser, en vrac : le foot, les copains, les sports collectifs, les « autres »... Logique implacable de l'exclusion.

Je me confectionnai alors avec soin une image digne de moi : je déclarais détester les récréations, je marquais exprès des buts contre mon camp lorsque le prof de gym m'obligeait à entrer sur un terrain de foot, je m'isolais autant que possible de la plupart des autres enfants, et j'énonçais toujours, par principe, un avis contraire à celui de la majorité... Peut-être est-ce comme cela que ça a commencé... Je n'en sais rien. Les dés étaient jetés. Au moins pour un temps.

C'était l'époque des bonbecs, que j'allais acheter dans la petite boulangerie au pied de notre l'immeuble, en revenant de l'école. Je payais fièrement avec les centimes et les quelques pièces d'un franc que je glanais auprès de ma mère, après les courses.

C'était l'époque des « je-descends-en-bas »... Combien de fois mon père m'a-t-il repris sur ces quatre mots ? Combien de fois m'a-t-il assommé d'un coup de « Pléonasme ! », alors que je cherchais à m'évader de l'appartement ? Je ne comprenais pas que de ces quatre mots si simples quelqu'un ait pu concevoir un mot si compliqué.

C'était l'époque de ma tirelire en forme de cochon, qui se vidait aussi vite qu'elle se remplissait. Lorsque je parvenais à résister aux bonbecs, je dilapidais ma fortune en vignettes autocollantes à collectionner. Contrairement aux autres enfants de mon âge, je ne recherchais pas les images de joueurs de foot. J'ignorais tout des Michel Platini, Marius Trésor, Dominique Rocheteau, dont les noms fusaient dans la cour de récréation parmi les groupes de garçons. Moi, j'avais acheté l'album « Peter et Elliott le dragon » de Walt Disney. Je crois que je m'identifiais beaucoup à cet orphelin flanqué d'un puissant dragon imaginaire.

C'était l'époque du « Club des cinq », ces livres de la bibliothèque rose que je dévorais. Les aventures de ces quatre gamins et de leur chien allaient me faire vivre par procuration tout ce qui manquait à ma vraie vie. J'y projetais une importance telle que je me rappelle avoir passé des jours et des jours à tenter de savoir où vivaient ces enfants extraordinaires, feuilletant désespérément l'atlas du salon afin d'y retrouver le nom d'un village, d'une île ou d'une forêt mystérieuse, théâtres de leurs aventures de pacotille. Car ils existaient, il le fallait.

C'était l'époque où je démontrais ma grande sagacité en démontant tout ce qui avait le malheur de me tomber entre les doigts. Tel un petit Poucet détraqué, je semais derrière moi boulons, programmateur de machine à laver, aiguilles de montre, portières de petites voitures, résistances de postes de radio...

Juillet 1978 : Antenne 2 diffuse « Goldorak », premier manga à faire son apparition sur une chaîne de télévision française. J'ai pleuré du plus profond de moi en découvrant, hypnotisé, le premier épisode. Actarus, jeune prince extra-terrestre à la beauté venue des étoiles, persécuté par de cruels ennemis qui venaient d'asservir sa planète et de massacrer sa famille, se réfugie, blessé, sur Terre. Un jeune terrien va devenir son meilleur ami, son frère. Ces deux là pourront se serrer dans les bras l'un de l'autre, au nom d'une amitié virile que rien ne pourra briser. J'aurais donné ma vie pour être ce frère, ce « frère de l'espace », titre de l'épisode dont je me rappelle encore. J'en ai pleuré.

J'avais 9 ans.

Ce fut aussi l'époque qui marqua le début de l'adolescence.

5

Les premiers signes se manifestèrent banalement. Je commençais à contredire les vérités les mieux établies, remettais en cause l'autorité de ma mère, rejetais les câlins de mon père, et vérifiais par la pratique si le feu brûlait bien les doigts. Et puis, quelquefois, le matin, je remarquais de petites auréoles sur mes draps.

Il m'arrivait de faire des rêves aussi. Il y avait les rêves, et puis les cauchemars.

C'est à peu près à cette époque que j'ai vaincu mon premier cauchemar en combat singulier. Je prenais l'ascenseur pour rentrer chez moi. J'appuie sur le bouton du cinquième étage. Au lieu de monter, l'ascenseur descend, descend... Continue à descendre après le dernier sous-sol... J'appuie sur le cinq. Descend, descend encore... Le cinq... Je regarde fixement la porte. Mais c'est le miroir derrière moi qui s'ouvre. Je me retrouve dans un parking souterrain, seul être humain, perdu. Il y règne un noir absolu mais je me sais entouré d'ennemis mortels, de serpents suintants, de sorcières difformes aux doigts sales, armées de seringues qui veulent me prendre mon corps... Et, subitement, je réalise que ce rêve m'appartient. Il est dans ma tête, il est à moi. Je réalise que c'est moi qui commande aux sorcières, à l'ascenseur, aux serpents... à moi-même. À la fois auteur et acteur. Alors je décide de devenir invisible, de passer entre les murs et de m'envoler... Je deviens invisible, j'échappe aux sorcières qui écument de rage, qui ne comprennent pas, je passe à travers les murs, à travers les lourds plafonds de béton, je rejoins la surface et je m'envole... Et, de là-haut, je vois l'immeuble, le parking, le terrain vague, l'école, le bois... Si, c'est vrai. Je m'en souviens. Je ne l'ai tout de même pas inventé...

Et puis il y avait aussi ces rêves à la fois délicieux et atroces. Ces rêves d'esclavage. Ces rêves où je me voyais soumis à un être supérieur à moi en tout, en tout ce qui était réellement important : il avait mon âge, mais il était plus beau, plus fort, bien dans sa peau, heureux d'être là, de peser de tout son poids sur ses deux pieds, de peser sur le monde, de peser sur moi. Un demi-dieu, sportif, musclé, jouant au foot à la perfection, admiré par une foule de copains... En un mot, un homme.

Un homme que j'admirais, sans me l'avouer, la nuit, en rêve. Un homme à qui j'aurais voulu ressembler, mais qui me semblait inaccessible, impossible. Un homme tellement hors d'atteinte, au-dessus de ma médiocrité, que je me devais d'être son esclave, obéissant, à ses pieds, dans l'espoir fou de devenir un jour son disciple. Un modèle d'homme que je méprisais, le jour. Et plus je le rejetais, plus j'affichais une supériorité de façade à laquelle je croyais dur comme fer, et plus je l'aimais.

Car on ne peut se passer bien longtemps d'aimer.

Cette fausse supériorité que j'avais jetée à la gueule du monde entier pour éviter de perdre la face ne me suffisait pas. Inconsciemment, je sentais bien qu'il me manquait quelque chose. J'en conçus un sentiment d'infériorité qui explosait dans ces rêves d'esclavage.

L'homme a toujours besoin de sentir quelque chose qui lui est supérieur, quelque chose dans lequel il peut se donner tout entier, en mourir, et en ressortir plus grand. Que ce soit le communisme, Dieu, la peinture, le sport, l'argent, l'amour des autres ou l'amour exclusif d'un seul être ne change rien au principe. Au départ, chacune de ces valeurs peut donner le même espoir d'échanger de sa vie contre de l'envie de vivre. Mais certaines idoles sont plus ingrates que d'autres. Certaines sont même destructrices. Qu'importe : une vie, un an, une nuit ou une seconde, pouvoir donner, se donner.

Certains manquent d'amour. Je ne crois pas que ce fut mon cas. Mes parents m'aimaient. J'étais en manque de parvenir à donner. Je n'y arrivais pas. J'étais incapable de rendre un câlin. Lorsque mon père me prenait dans ses bras, je restais là, les bras ballants, ne sachant comment réagir. Incapable d'exprimer un sentiment d'affection. Et j'en crevais. En rêvant d'esclavage, je rêvais d'être condamné à donner, à aimer. À donner, à mort, ma vie.

Hervé, tu ne sais pas le plus drôle ? Je viens de réaliser... Je ne sais même pas à qui je parle. Je te connais à peine, toi, Hervé, le vrai, celui de chair, d'os et de vie. Je parle à une image. Par quelle convention stupide les images sont-elles moins dignes d'intérêt que la réalité ? Je redoute le moment où tu traverseras l'écran.

Excuse-moi pour la diversion... J'en étais où ? Ah oui, esclave... Je ne pense pas que je réalisais ce que ça pouvait vouloir dire vraiment, esclave. Mais c'était incontrôlable. Je me souviens de paris que je tenais avec des types de mon âge, et qui donnaient droit à un gage. Ce qui passait par la tête de l'autre.

Je faisais exprès de perdre.

Alors, j'ai dû porter des cartables. J'ai monté des escaliers, que j'ai redescendus, remontés, redescendus... jusqu'à tomber, épuisé, devant l'autre. Une fois, j'ai dû me mettre à genoux devant un mec, puis embrasser ses baskets.

6

Les autres ne m'aimaient pas. Et c'était bien normal.

Je rentrais parfois le soir en me plaignant qu'un type m'avait frappé, que je ne voulais pas retourner à l'école, qu'il m'avait dit de ne pas y revenir. Et puis, comme je n'avais pas de copains, comme lors des récréations je restais seul dans un coin, mes parents se mirent en tête que j'étais trop intelligent pour cette école, que je m'y ennuyais, que les autres étaient jaloux de ma supériorité et que c'était pour ça qu'ils me frappaient.

Ils décidèrent qu'il était urgent de me changer d'établissement. Je quittai donc l'école publique du quartier pour entrer en CM2, à Saint-Genis-Laval, dans une petite école privée : Notre-Dame du Bon Conseil. Rien que le nom me fait rire aujourd'hui. À dix ans, je me croyais profondément catholique – peut-être l'étais-je vraiment – et je n'en ris pas.

Cela faisait déjà quelques années que mes parents m'avaient inscrit à des cours de catéchisme, auxquels j'assistais les mercredis après-midi. Je ressortais de ces « cours » tout à la fois exalté et troublé.

Je croyais alors sans le moindre doute, avec une foi totale, comme seul en est capable un gosse à qui un adulte inculque une vérité absolue. Mais Dieu m'apparaissait comme un personnage confus, ambivalent : il y avait d'un côté Jésus-le-bienveillant, ses actes d'abnégation, de pardon, sa bonté inconditionnelle... celui qui tendait l'autre joue. Et, dans le même temps, il y avait le Dieu vengeur, celui de l'Apocalypse, celui qui n'hésitait pas à noyer l'humanité sous un déluge, celui qui faisait pousser des pommiers sous le nez de ses créatures tout en interdisant d'en manger les fruits, qui décidait d'envoyer des gens souffrir en enfer pour l'éternité... Il y avait aussi le Saint-Esprit, dont le rôle m'échappait totalement, mais que nous devions vénérer. Et l'on nous répétait que ces trois personnages, le gentil, le méchant, et l'inconsistant, ne faisaient qu'un.

Cela me plongeait dans une forme de désarroi craintif, face à cet être aux trois visages, à la puissance absolue, aux réactions imprévisibles. Car Dieu savait tout, voyait tout. Il savait même ce que je pensais. Il avait accès à mon cerveau, guettant mes moindres faux pas.

Vers dix ans, mes parents m'envoyèrent pendant les grandes vacances faire un pèlerinage à Rome. Durant une semaine, nous avons déambulé d'églises en cathédrales, de chapelles en reliques, dormant dans un couvent austère, intimidés, écrasés sous les innombrables vitraux, peintures, tapisseries vantant la gloire de Dieu et la puissance de l'Église. Dans le bus qui nous ramenait en France, je me revois en train d'égrener fébrilement un chapelet, terrorisé, récitant mentalement mille « Notre Père qui êtes aux cieux », persuadé que Dieu me surveillait, recommençant du début à la moindre hésitation, par peur de l'enfer.

« Notre-Dame du Bon Conseil » : cette nouvelle école m'intimidait. Mais c'était également l'instrument d'une plus grande liberté. En effet, Saint-Genis-Laval se trouvait à une dizaine de kilomètres de notre appartement et, pour la première fois, je prenais le bus, seul.

Je me souviens de notre maîtresse, Mme Berthet. Une femme dure, probablement juste, qui avait la vocation d'enseigner enracinée au plus profond d'elle-même, avec la même certitude de dispenser la bonne parole que les missionnaires et les colons envoyés auprès de tribus africaines afin de répandre la civilisation, à tout prix.

Ce fut ma dernière « maîtresse »... Dorénavant, j'aurais droit aux profs. J'entrais en sixième.

Les écoles privées, c'est génial. Tout y est interdit ou réglementé. Les sanctions sont plus sévères. Et c'est alors autrement plus excitant d'y enfreindre la loi, de passer par les couloirs réservés aux profs sans se faire remarquer, de sortir de l'enceinte de l'école pendant les heures d'étude, de mettre de la colle sur les chaises... On y rigole bien plus que dans les écoles publiques, où tout est permis.

Quelques souvenirs en vrac de cette sixième : les cours de musique pendant lesquels une vieille folle s'acharnait désespérément à essayer de me faire jouer à la flûte autre chose que « Au clair de la lune »; ma première communion dans la petite chapelle de l'école; les cours de physique où nous apprenions à allumer des ampoules électriques avec une pile de 4,5 volts, ce qui me faisait bien rigoler, moi qui ne comptais plus les fois où j'avais fait disjoncter notre appartement en branchant des montages en Lego sur du 220; les parties de billes dans la cour goudronnée; les cours de gym où je continuais à étaler la plus mauvaise volonté du monde.

C'est lors de l'un de ces cours, pendant de passionnantes opérations de grimper de corde, que je remarquai le pouvoir du contact de la corde sur ce que tout le monde autour de moi avait alors coutume d'appeler un zizi. Cela devenait dur et répandait une sensation de chaleur dans tout le bas ventre. C'était bizarre et agréable. Cela me rappelait une sensation que j'avais déjà éprouvée pendant certains rêves. Ces rêves de soumission. J'avais envie de recommencer, de faire durer cette sensation.

Alors je me livrais, dans mon lit, à des expériences. Des expériences pendant lesquelles je m'imaginais être dominé par un type de mon âge, à ses pieds. Des expériences dont je concevais une honte indicible, après. Je n'appris que bien plus tard le terme technique de « masturbation ». Quel gamin ne s'est pas branlé en regardant les pages d'un catalogue des 3 Suisses ou de La Redoute ? Certains se focalisent sur les pages des soutiens-gorge. Moi, je passais mes nuits sur les pages « Articles de sport ».

7

Vers la fin de mes onze ans, mon père monta en grade, et, d'adjoint, passa directeur. Il ne tarda pas à transformer sa réussite professionnelle en réussite sociale : nous abandonnâmes les hautes barres de Champerret, où nous étions en location, pour acheter un joli appartement situé au premier d'un petit immeuble de trois étages, dans une résidence BCBG avec piscine et tennis, à Écully.

Ce déménagement entraîna pour moi un nouveau changement d'école. Mes parents décidèrent de me remettre dans un établissement public, j'ignore pourquoi. J'entrai en 5ième au collège Diderot.

Mon père est un homme plutôt tolérant. Il tolérait pourtant avec la plus grande difficulté la réussite des autres. Un jour, nous étions en voiture, et ma mère, naïvement ou intentionnellement – avec elle, il est fréquemment impossible de faire la différence – fit une remarque en apparence anodine : « J'ai revu Pierre, tu sais le mari de Sylviane. Sylviane est enceinte de trois mois. Et Pierre s'est acheté une nouvelle voiture, une Porsche, je crois. » Mon père entra alors dans une colère folle : « Tu me dis ça parce que je ne peux pas m'acheter une Porsche. Hein que c'est ça ! Pierre, évidemment qu'il peut en acheter une : il a hérité d'une boîte de cartes postales de son beau-père. Tout ce que ton salaud de père a bien voulu nous léguer, ce sont des dettes ! ». Et il ne dit plus rien de la journée.

À l'arrière de la voiture – une Citroën CX je crois – mon frère et moi regardions dehors, suffoquant dans le silence vénéneux qui avait subitement inondé l'habitacle.

Une bonne partie de mon enfance fut ainsi bercée au rythme des intrigues et des disputes familiales. À force de bribes de conversations surprises entre adultes, je finissais par reconstituer la rocambolesque histoire qui n'allait cesser d'empoisonner les relations entre mon père et ma mère, jusqu'à leur divorce, des années plus tard. Au cœur de cette histoire, je compris bien vite qu'un personnage jouait un rôle central : le père de ma mère.

Je ne t'ai pas encore parlé de lui… Je retrouvais mon grand-père plusieurs fois par an, lorsque nous nous rendions à Nice pour les vacances. Nous logions alors la plupart du temps dans l'immense appartement de mes grands-parents maternels, au cœur de la ville, square Alsace-Lorraine. Cet appartement incroyable ne comptait pas moins de douze pièces, transpirant de luxe bourgeois, et exhalant tout à la fois une forme d'extravagance convenue. À lui seul, le majestueux couloir qui le traversait de part en part eût été suffisant pour aménager un logement parfaitement décent.

Le dimanche, je devais bien m'habiller. Je devais faire bonne figure face au curé de la paroisse que mon grand-père avait pris l'habitude de convier, par snobisme, à nos repas familiaux. Après avoir dûment remercié le Seigneur, le brave homme se régalait du caviar et des cailles rôties trônant sur la table bien garnie.

Dans la famille de grand-père, il était de bon goût de faire fortune depuis que l'un de mes ancêtres était parvenu à se faire nommer ministre des Télécommunications auprès du roi de la lointaine Abyssinie – devenue depuis l'Éthiopie.

Il revint en France dans les années 30, couvert d'or. Il en dilapida la plus grande partie en menant grand train, familier du casino, et fréquemment flanqué de quelques serviteurs noirs ramenés d'Afrique. Il chercha toutefois un investissement judicieux, susceptible d'assurer la prospérité de sa descendance. C'est ainsi qu'il hésita quelques temps entre l'achat de plusieurs hectares dans l'arrière-pays niçois sur lesquels s'étendait une carrière de pierre, et celui d'une bande de littoral de trois kilomètres, entre Cannes et Juan-les-Pins. Son instinct l'orienta vers la carrière, qui lui sembla une valeur bien plus solide et prometteuse que ces kilomètres de sable inutile. Quelques dizaines d'années plus tard, la carrière allait s'épuiser, puis bientôt être déclarée zone inconstructible, tandis que l'arrivée triomphale des congés payés ne tarda pas à transformer le sable de Juan-les-Pins en or massif.

Ne pouvant compter sur le seul héritage de cette carrière ancestrale, grand-père dû bâtir sa fortune par ses propres moyens. Il y parvint grâce à une petite société d'import-export de produits chimiques, mais également grâce à un talent et un savoir-faire incontestables en matière de fraude fiscale.

Il n'hésita pas non plus à prendre quelques libertés avec sa bonne conscience chrétienne : dès que ma mère fut majeure, il lui suggéra de signer des « papiers administratifs sans importance ». Elle les signa sans même les lire. Ce n'est que lorsque le fisc, quelques années plus tard, se pencha sur les comptes de la petite société que ma mère découvrit qu'elle en était officiellement la gérante. N'étant elle-même pas solvable, c'est mon père qui fut condamné à rembourser les largesses fiscales du grand-père. Cela lui prit dix bonnes années.

Sans que j'en saisisse la raison à l'époque, nous retournions alors bien moins souvent dans le grand appartement du square Alsace-Lorraine. À Nice, nous allions désormais en vacances chez ma grand-mère maternelle, dans un petit logement modeste qui sentait bon les livres et la cire d'abeille.

Cet appartement, dont je me rendis compte des années plus tard combien il était minuscule, m'y déplaçant alors comme dans une maison de poupée, heurtant chaque meuble, cet appartement dans lequel ma grand-mère allait passer les dernières années lucides de sa vie avant qu'Alzheimer ne la consume, cet appartement apparaissait merveilleux, magique aux yeux de l'enfant que j'étais alors.

Car c'était le lieu des vacances. Le lieu de l'insouciance, loin de l'école, loin de la vie lyonnaise et grise, loin de mes tourments du quotidien.

Un lieu qui évoquera chez moi pour longtemps l'odeur du mimosa et des pins parasol, la sensation du sable sur la peau, l'air de la Méditerranée, les palmiers de la promenade des Anglais, l'excitation du Carnaval, le chant des cigales de l'arrière-pays, le goût des gaufres que mes parents m'achetaient parfois chez ce glacier de Juan-les-Pins, ce glacier qui, sans le savoir, se trouvait peut-être sur le terrain que mon ancêtre n'avait jamais acheté.

De mon année de cinquième, je n'ai pratiquement conservé aucun souvenir d'école. Mais je me rappelle très bien que, vers la fin de l'année scolaire, François Mitterrand entrait à l'Élysée. J'entends encore les lamentations à déchirer l'âme d'un smicard qui s'élevèrent des villas et résidences fleuries de notre petite commune d'Écully, profondément ancrée à droite.

Les communistes entraient au gouvernement. Je ne savais pas trop qui étaient ces communistes. Je ne connaissais que ceux du village de Don Camillo. Mais, d'après mon père, c'était la fin.

8

Ce fut aussi l'année où débuta une nouvelle passion. Après les collections de timbres, les montages électrobidouillés, vagues assemblages de fils, de résistances, de potentiomètres et d'ampoules, qui ne ressemblaient à rien, ne servaient à rien, et qui envahissaient ma chambre, vint ma passion pour les ordinateurs.

Des ordinateurs, à l'époque, on en voyait uniquement dans les séries américaines. Il s'agissait de grandes armoires exubérantes, bardées de lumières qui clignotaient, de câbles, d'interrupteurs, de bobines, de boutons poussoirs, autour desquelles s'affairait constamment une indispensable armée d'hommes en blouses blanches, se concertant d'un air inquiet, vérifiant si les bobines bobinaient, si les lumières clignotaient bien comme il faut, gardiens d'une puissance mystérieuse qui avait tous les pouvoirs et pouvait s'emballer à chaque instant.

C'était l'époque où je regardais à la télé « L'homme qui valait 3 milliards », surhomme bionique, dont le vrai pouvoir fut de parvenir à ce que tous les gamins de l'époque, au moins une fois, tentent de courir au ralenti tout en imitant vocalement, avec plus ou moins de réussite, le bruit métallique signant les exploits de cet être supérieur fait de chair et d'électronique. Le colonel Steve Austin et « L'homme de l'Atlantide » furent les héros de mon adolescence. Dans chacune de ces deux séries, les grandes armoires mystérieuses aux lumières clignotantes jouaient un rôle capital. Ces armoires me fascinaient au moins autant que les ondulations sous-marines de l'acteur qui jouait l'homme de l'Atlantide.

Mon obsession pour les ordinateurs débuta réellement à l'occasion d'une visite fortuite dans les bureaux de Digital Research, fabricant d'ordinateurs aujourd'hui disparu. Alain, un ami de mon père, y travaillait. J'y accompagnai mon père par hasard. Ils devaient discuter boulot, ou je ne sais quoi.

Pour me faire tenir tranquille, Alain m'installa devant une console. J'y découvris une des toutes premières versions de Space Invaders. Je regardais l'écran, fasciné.

Au bout d'une heure, je retournai voir Alain et je lui demandai : « Dis, tu peux pas m'apprendre comment ça marche ? ». Nous retournâmes vers la console, il tapa quelques commandes mystérieuses au clavier, et, pendant une heure, m'enseigna les rudiments de la programmation en Basic. Je me souviens encore du programme de trois lignes que nous avions écrit ensemble ce jour-là (enfin, surtout lui...). Je me souviens de la saveur mystérieuse du 10 INPUT 'Entrez le rayon du cercle :';rayon , l'émerveillement devant le 20 result = rayon^2*PI , et le couronnement final : 30 PRINT 'Surface :';result . Ces trois lignes calculaient la surface d'un cercle à partir de son rayon ! C'était extraordinaire !

Je crois que, sur le moment, l'idée d'apprendre à programmer à un gamin de douze ans amusa Alain. Quelques jours plus tard, je pense qu'il le regretta. J'allais le voir chez lui tous les soirs pour savoir quand je pourrais retourner à son bureau. Il me répondait de préparer des programmes par écrit, « parce qu'il n'avait pas beaucoup de temps en ce moment ». Je revenais alors bientôt à la charge avec un cahier rempli de programmes qui calculaient la surface d'un carré, d'un rectangle, d'un parallélogramme, et de toutes les figures que je connaissais, et d'autres, que j'inventais. Il parvint à me faire patienter encore un peu en me rapportant du bureau un épais manuel : « Comment programmer en Basic ». Je retournais lui poser des questions sur les boucles FOR - NEXT, les GOSUB - RETURN... Oui, certainement, il regretta.

Malgré toute la pression qu'est capable d'exercer un gamin, je ne pus retourner qu'une ou deux fois chez Digital. Mais je m'abonnai à la revue « l'Ordinateur individuel » et rêvais devant les documentations de machines monstrueuses. Tant et si bien que je réussis à convaincre mon père de demander à un autre de ses amis, qui travaillait lui chez IBM, de m'autoriser à venir pianoter le mercredi après-midi dans leurs bureaux. Lui aussi tomba dans le piège. C'est ainsi que, dès que je disposais d'un heure de libre, je courais là-bas, où l'on m'installait devant un « petit » ordinateur autonome, où je ne risquais pas, pensait-on, de faire des bêtises. Je programmais alors toutes sortes de jeux : blackjack, courses de voitures, un pendu, un test d'alunissage...

Petit à petit, je gagnai la confiance des indigènes, et bientôt, l'on m'autorisa à accéder à un terminal d'IBM 34, une machine beaucoup plus puissante, qui occupait quasiment une pièce entière, et sur laquelle étaient connectés des dizaines de programmeurs d'IBM.

Erreur fatale...

Quelques mois plus tard, j'étais parvenu à trouver le mot de passe système qui permettait d'avoir tous les droits sur la machine. Je m'en souviens encore : le nom d'utilisateur était « W0000000 » et le mot de passe « KROU ». Je pense qu'ils ont dû changer cela depuis. C'est alors qu'il me vint l'idée saugrenue de protéger mes fichiers des regards indiscrets des autres utilisateurs. Il était hors de question que n'importe qui puisse venir fouiller dans mes programmes de jeux. Je n'ai pas bien compris tout ce qui s'est passé alors. Bien involontairement, j'avais effacé le fichier des utilisateurs de la machine : plus personne ne pouvait se connecter ! Je m'éclipsai discrètement, la boule au ventre, tandis qu'un peu partout dans les immenses bureaux commençait à résonner le bip strident qui accompagnait le message « Utilisateur inconnu ».

Lorsque je revins, trois semaines plus tard, je fus rapidement intercepté. On me conduisit dans un bureau capitonné où je n'en menais pas large. Un monsieur en costume-cravate m'expliqua gentiment qu'il n'était sûr de rien, qu'ils avaient fait venir un ingénieur de Paris qui avait dû réinstaller le système d'exploitation, que ça avait pris trois jours, que cela avait coûté beaucoup, beaucoup d'argent, que si c'était moi qui étais responsable de tout ça, il espérait que je ne l'avais pas fait exprès, mais qu'il ne pouvait plus prendre de risques et qu'il valait mieux que je ne revienne jamais. Licencié sans préavis pour faute grave. Bon, ben, d'accord... Au revoir monsieur...

Avec un tel CV, viré de chez IBM à douze ans et demi, je n'ai plus vu de clavier d'ordinateur pendant un certain temps.

9

L'année qui suivit, l'année de ma quatrième, l'année de mes treize ans, marqua le début d'une nouvelle période. Bien sûr, j'étais toujours plutôt solitaire. Mais je commençais à avoir des amis. Bien sûr, je déclarais toujours ne pas aimer le sport. Mais je me souviens d'une fois, alors que nous habitions à cinq bons kilomètres du collège, où je suis rentré chez moi en courant sans m'arrêter, et où j'ai ressenti cette joie de l'effort accompli, de ce combat contre soi-même, à coup de volonté. Cette année-là marqua le début de mon intégration.

Il était temps.

Je commençais alors à prendre conscience que ce que j'avais été, ce que j'étais, ce que j'étais en train de devenir n'était pas une fatalité. Que j'étais capable, moi aussi, d'avoir des copains. Que j'étais capable de ressembler à l'homme idéal que j'idolâtrais toujours. Dans un premier temps, il n'était pas question de l'égaler. Non ! Mais déjà de s'en approcher. D'admettre que je pouvais me comparer à lui, que je pouvais progresser.

Des années après être parvenu à contrôler mes cauchemars, je réalisais que je pouvais également contrôler ma vie. Du statut d'esclave, je passais au statut de disciple. Cela représentait beaucoup. Beaucoup.

Le collège organisait pour toutes les classes de quatrième un camp de fin d'année obligatoire d'une semaine en Ardèche. On nous informa que cela se passerait dans un camping où nous coucherions par tentes de quatre. La journée, plein d'activités sportives étaient prévues. Je retins essentiellement trois choses : sportif, tente de quatre, obligatoire. Ces trois éléments étaient en contradiction flagrante avec l'image que je tenais encore à défendre : je n'aime pas le sport, je n'aime pas les groupes, je déteste que l'on m'oblige à quoi que ce soit. Je ne voulais pas y aller.

Mes parents eurent la sagesse de ne pas céder. Finalement, quelques jours avant le départ, je m'entraînais à monter la tente sur la pelouse de la résidence, je préparais fébrilement mon sac à dos et me renseignais sur la météo. Je ne sais pas ce que j'aurais fait si mes parents avaient finalement décidé de me signer une dispense...

Après quelques heures de car, nous arrivâmes dans un petit camping, au bord d'une rivière tranquille où coassaient des grenouilles. Les moniteurs étaient nos propres profs ! C'était étrange et perturbant de voir ma prof de math, d'ordinaire austère et sévèrement vêtue, en bermuda et t-shirt, plantant maladroitement des piquets de tente. Notre prof de physique apparaissait, lui, beaucoup plus à son aise. Il s'appelait M. Peyret, je crois. Il s'agissait d'un homme d'une quarantaine d'années, joufflu, aux yeux bleus et rieurs qui ressortaient comme de petites flammes au-dessus d'une barbe grise bouclée. Je le revois encore, courant sous les étoiles, poursuivi par notre prof d'anglais qu'il venait de pousser habillé dans la rivière.

Ce fut une semaine extraordinaire ! Nous eûmes droit à une balade à vélo sous un soleil torride, à une randonnée de deux jours où nous avons dormi à la belle étoile, à une journée d'escalade, à l'exploration d'une grotte où notre prof de physique nous fit croire que nous étions perdus et qu'il fallait retrouver la sortie, ainsi qu'à une course d'orientation d'une journée pendant laquelle je tentai de me persuader que j'étais réellement perdu et qu'il fallait que j'économise l'eau et les vivres : je terminai deuxième avec une gourde à moitié pleine. Je crois que c'est là-bas que j'ai commencé à vraiment aimer le sport.

Pour beaucoup, cette semaine fut aussi la semaine de la première fille que l'on tient dans ses bras, la semaine des premiers baisers et des premières caresses. Quelques-uns sont même allés plus loin, mais sûrement beaucoup moins qu'il n'y en avait pour s'en vanter. Quant à moi, je n'en ressentais pas le besoin. Je n'étais pas attiré par les filles : je n'aimais pas leur côté « jouer à la poupée », leur mièvreries et leurs mignardises, l'importance démesurée qu'elles accordent à leur toilette, au maquillage, aux bijoux, aux futilités, leur voix aiguë, leur peur des araignées et leur fragilité. Une fille représentait pour moi tout ce que je détestais, ce à quoi je ne voulais surtout pas ressembler.

Je n'étais pas attiré par les garçons non plus. Du moins pas physiquement. Mais j'admirais leur détermination, leur faculté de défier ouvertement tout ce qui se présente, par simple plaisir du défi, leurs rêves de cosmonautes, d'étoiles lointaines, de terres vierges à conquérir. J'étais comme eux. Je me sentais comme eux. J'étais un garçon. Peut-être même plus qu'eux, en ce sens que, ne ressentant aucune admiration ni attirance pour la féminité, rien ne tempérait mes attitudes et mes envies typiquement masculines : le goût du défi que j'exprimais à travers un esprit de contradiction systématique, la volonté d'être plus fort que les autres, un esprit cartésien, le désir naïf de tout savoir, de tout comprendre...

Rien ne tempérait ces envies, à part mes désirs de soumission. À part ces pulsions de soumission nées d'un sentiment d'infériorité que j'avais moi-même aidé à construire par un artifice lui aussi masculin : ne pouvant accepter une humiliation que je méritais, j'avais décidé de défier le monde entier en remettant en cause les règles mêmes qui m'avaient condamné à cette humiliation. Puisque j'avais perdu au foot, le foot devait être relégué à la plus stupide des occupations. Puisque les autres me rejetaient, je les rejetterais davantage. Alors que, comme tout le monde, je voulais leur ressembler.

Cette logique incohérente, ce paradoxe implacable, commençaient à être sérieusement ébranlés à la fin de cette semaine de juin passée sous le soleil de l'Ardèche.

10

Il est possible que la lecture m'ait aidé à sortir de cette bêtise infernale. À cette époque, je ne lisais pas beaucoup, seulement les livres que l'on nous donnait à l'école. Mais je me souviens de deux livres qui m'ont vraiment marqué : « L'Enfant et la rivière », d'Henri Bosco, et « Ravage » de René Barjavel. Le premier, on nous l'avait donné à lire en sixième. « Ravage », je ne sais plus en quelle classe je l'ai lu, mais j'aime bien croire que c'était pendant ma classe de troisième. Nous avions alors comme professeur de français Mlle Denis et je retrouvais M. Peyret comme prof de physique. Ces deux-là furent sûrement, avec un instit de CM1 qui nous jouait de la guitare et nous faisait écouter du Pink Floyd, mes préférés de toute ma carrière d'élève. J'aime donc croire que ce fut Mlle Denis qui me fit connaître un de mes auteurs préférés : Barjavel. Barjavel me fit découvrir mon goût pour les histoires de fin du monde qui finissent bien, mais aussi une certaine forme d'amour pour l'humanité, pour ses faiblesses, ses peurs, sa force, sa bêtise et sa beauté.

À cette époque, je tremblais pour l'avenir de notre planète. J'en faisais des cauchemars, emplis de bombes thermonucléaires et d'armes biologiques. Je décidai même de créer un journal : « SOS TERRE ». Le premier numéro fut tiré à quarante exemplaires sur la photocopieuse d'un kinésithérapeute que j'avais converti à ma cause et qui cherchait pour sa part à me débarrasser d'une scoliose naissante. Ce premier numéro contenait en vrac : un article sur la disparition des renards, un fervent plaidoyer anti-tabac pour lequel j'avais risqué gros en tentant de prendre quelques photos de copains fumant à la sortie du collège, de sombres perspectives sur l'évolution de la pollution des mers et des rivières – j'étais allé photographier un poisson qui flottait le ventre en l'air dans le bassin de la fontaine de la place d'Écully –, et un article sur la chasse des bébés phoques, recopié presque intégralement dans un numéro de « 30 millions d'amis ». Il n'y eut pas de second numéro.

Cette année de troisième fut peut-être ma meilleure année scolaire. Je ne parle pas de mes résultats. Je veux dire l'année de ma scolarité la plus heureuse. Je laissais tomber le bus au profit d'un vélo que mon père m'acheta cette année-là. Je me rendais tous les jours à l'école avec. Je passais des journées entières à explorer le monde autour de moi, chaque fois un peu plus loin. Écully se trouve en haut d'une petite colline. Pour rentrer chez moi, je dus apprendre à dompter cette effroyable côte qui attaque la colline de front, le chemin des Écoles. À chaque fois, c'était un exploit renouvelé : deux cents mètres de sueur avant la joie que procure l'obstacle vaincu.

Ce fut aussi l'année où, après deux ans d'efforts de persuasion ininterrompus, je décidai mon père à m'acheter un ordinateur. Il s'agissait d'un VIC 20 de la marque Commodore, disposant de 3,5Ko de mémoire vive et d'un lecteur de cassette : cela faisait une légère différence avec l'IBM 34 et ses méga-octets en ligne mais c'était déjà génial. Pour ne pas te lasser, je passe rapidement sur toutes les bidouilles, les programmes de jeux, les piratages de logiciels...

C'était l'époque bénie et héroïque de l'informatique. L'époque où les jeux commercialisés étaient suffisamment nuls pour être motivé à en créer soi-même. L'époque où l'on ne copiait pas bêtement les programmes des autres – il n'existait pas de programmes de copie tout faits –, mais où il fallait passer des heures à chercher comment fonctionnait la protection pour la contourner. L'époque où un taré dans un garage pouvait sortir un logiciel qui ferait sa fortune.

Je crois que j'aimais les ordinateurs car je les comprenais : leur comportement obéissait à des lois logiques, prévisibles. Et ils me comprenaient en retour. Je savais leur parler, dans leur langage bien à eux. Ils me répondaient. Ils ne pouvaient pas me trahir. Si je parvenais à leur expliquer convenablement, ils pouvaient même s'animer ; des créatures quasi-vivantes apparaissaient alors sur l'écran, des créatures que j'avais créées de mes propres mains.

J'en tirais une grande satisfaction et même une certaine confiance en moi.

Je me fis pas mal de copains, cette année-là. À l'école, j'étrennai une nouvelle technique : je me vantais de ne pas travailler, tout en adoptant une attitude beaucoup plus dévergondée pendant les cours. Je commençai – lâchement – par les cours de musique, de dessin, et d'éducation manuelle et technique – EMT – : nous y apprenions toutes sortes de choses passionnantes comme la couture ou la cuisine. Persuadé que de telles tâches ne pouvaient être décemment faites par un garçon, l'EMT fut le terrain privilégié de mes exploits. J'y appris l'art de faire rire une classe et j'y gagnai une certaine renommée, parachevée par quelques heures de colle. Comme par ailleurs j'obtenais d'assez bons résultats – à part en musique, en dessin et en EMT – j'attirais à moi certains bons élèves qui m'admiraient, certains mauvais qui me pompaient dessus, et me fis quelques ennemis qui ne supportaient pas l'apparente facilité de ma réussite.

Je travaillais en fait beaucoup.

La notoriété toute fraîche que je venais d'acquérir au sein du collège m'amena bientôt à être convié à une « boum », organisée pour l'anniversaire de l'un de mes nouveaux amis. J'ignorais tout du comportement à adopter à cette occasion. Je compris bien vite que pour la plupart, le principal objectif de ce rassemblement consistait à parvenir à séduire une fille. Cela me mettait mal à l'aise, j'ignorais pourquoi.

Et qui dit « boum », dit bien entendu « danse ». Or, autant j'étais parvenu à acquérir une certaine confiance en moi à l'école, une certaine maîtrise au point d'assumer de faire le pitre devant une salle de classe, autant la piste de danse qui s'ouvrit alors devant moi m'apparut comme un espace incongru et hostile. Je m'y sentais à nu, telle une proie exposée à ses prédateurs sous des projecteurs. J'avais le sentiment que tous les regards se braquaient sur moi. Je me sentais parfaitement grotesque à chercher à me mouvoir ainsi au rythme de la musique. David Bowie m'exhortait avec « Let's dance », tandis que je cherchais désespérément des gestes à faire, une attitude, une contenance que je ne trouvais pas. Je remuais par saccades, ridicule et à contretemps.

Pire : tout cela me semblait tellement dénué de sens. À quoi bon m'exhiber ainsi ? Je ne cherchais à séduire personne.

J'admirais sans comprendre ces garçons bien dans leur peau qui, spontanément me semblait-il, sans aucune gêne, improvisaient devant tout le monde des danses improbables mais belles. Ils semblaient si heureux de vivre, si sûrs d'eux-mêmes, si sûrs de qui ils étaient, tellement à leur place sur « Alive and kicking » des Simple Minds. Tellement vrais et vivants en accompagnant Axel Bauer, cherchant à se vider sur les quais d'un cargo de nuit. Tellement certains de ce qu'ils voulaient lorsque Patrick Coutin regardait les filles sur la plage.

Bientôt, la musique new wave fit place à une séquence de slows. Je m'enfonçai alors encore un peu plus profondément dans un recoin obscur de la salle. Mais une fille que je ne connaissais pas me saisit la main, et m'entraîna presque de force jusqu'au centre de la piste. Je bredouillai en cherchant à résister, mais il était trop tard. Le clin d'œil complice que m'adressa un copain alors que nous traversions la salle, main dans la main avec cette fille inconnue, me condamna à pousser l'expérience jusqu'au bout.

Une évidence m'apparut alors : il était beaucoup plus facile de faire illusion en dansant un slow. Cela ne nécessitait en fait aucun talent particulier, si ce n'est celui de faire semblant d'y prendre du plaisir. Je ne ressentais rien d'autre qu'une gêne profonde que je tentais de dissimuler en enlaçant encore un peu plus ce corps étranger.

Et tandis que « Dreams are my reality » s'achevait, un autre sentiment m'envahit alors, encore plus évident : celui de ne pas être du tout à ma place.

11

En septembre 1983, j'entrai en seconde au Lycée Juliot-Curie à Lyon. La légende voulait que son proviseur, M. Wachett (à prononcer comme l'on brûle d'envie de le faire), fût un ancien SS. D'anciens potaches, pour des raisons à jamais oubliées, l'avaient surnommé Bédol. Chaque année circulait dans les rangs la rumeur de son départ à la retraite pour l'année suivante. Et chaque année le voyait, imperturbable et sévère, prononcer d'un ton martial son discours moralisateur, en agitant devant des centaines de gamins le spectre du chômage.

Je le craignais. Il incarnait à mes yeux une autorité presque inhumaine, un pouvoir absolu et désincarné. Il était pour moi comme une machine dont le principal objectif, la seule capacité, consistait à veiller à l'application de règles destinées à d'autres machines. Et nous étions les machines qu'il se devait de contrôler. Mais, quelques mois avant de quitter le lycée, près de trois ans après cette rentrée en seconde, j'allais apercevoir dans ses yeux un éclair de pitié teintée de tendresse pour un élève à qui il venait de filer quatre heures de colle.

Je ne commençais pas trop mal mon intégration dans ce nouvel environnement. Un peu par hasard, je devins le responsable du club photo du lycée. Dans ma classe, je ne retrouvais aucun de mes anciens copains de troisième. Mais ce n'était pas plus mal : je repartais sur des bases complètement neuves. Presque une nouvelle vie, et certainement une nouvelle chance.

En ce qui concerne mes performances scolaires, je fus extrêmement vexé par les premières notes que j'obtins en français. En troisième, j'aimais beaucoup Mlle Denis car elle aimait beaucoup mes rédactions. Pour avoir une bonne note, c'était assez simple : il fallait être original, prendre le sujet à contre-sens.

Je me souviens d'un sujet bateau sur lequel nous avions dû plancher : « Décrivez votre futur métier. Expliquez les raisons de votre choix.» D'aucuns racontèrent qu'ils voulaient être ingénieurs, artisans, paysagistes, informaticiens, opticiens ou ministres... En trois pages, je décrivais la vie d'un homme marié, deux enfants, vivant au quinzième étage d'une tour, palier n°5, partant au bureau à 7h30, de retour à 18h, ne manquant pas un match de foot à la télé, qui passait ses vacances sur la Côte d'Azur avec sa femme et ses deux gosses, en pension complète. Je concluais en affirmant que quel que soit le métier que je choisirais plus tard, je ferais tout pour ne pas ressembler à cet homme-là.

Mlle Denis avait adoré.

Mais maintenant, en seconde, nous étions de grands garçons : finies les rédactions, terminées les histoires. Maintenant, c'était du sérieux : nous devions disserter. À ma première dissertation, je tentai d'appliquer la même recette qui avait fait mon succès en troisième. Je crois avoir ramassé un magnifique 7 sur 20. Je mis une bonne année à comprendre que ce que l'on nous demandait, c'était tout sauf de l'originalité.

Il fallait rentrer dans le moule. Là encore.

12

Vers la fin de l'année, notre prof d'anglais organisa un voyage en Angleterre. Pour parler anglais... Pendant la semaine où nous vagabondâmes joyeusement dans les rues de Londres, nous n'avons guère plus parlé anglais qu'en une semaine de cours au lycée. Nous dormions chez l'habitant, par petits groupes de deux ou trois. Du coup, nous parlions constamment français entre nous. Et avec l'habitant, étrangement, nous communiquions beaucoup par gestes.

Si ce séjour ne nous apprit pas grand-chose sur le plan linguistique, gastronomiquement parlant ce fut très instructif. La Grande-Bretagne est décidemment un monument élevé à la gloire du bon goût et au plaisir du palais. Dès le premier repas, nous en étions convaincus. La maîtresse de maison nous présenta, souriante, un grand saladier empli d'algues, mélangées à des concombres en rondelles. Bon, comme ça, sans assaisonnement, on a d'abord trouvé les algues un peu fades. Mais bientôt arrivèrent les sauces. Il y en avait quatre : une jaune vif, une vert pomme, une rose fluo et une bleu ciel. Car les anglais n'oublient pas non plus le plaisir des yeux : comme c'était appétissant, ce rose fluo mélangé au vert violacé des algues fraîches ! Et puis, ce qui était extraordinaire, c'est que les quatre sauces avaient exactement le même goût, à la fois sucré et amer. Puis, nous dûmes assumer l'arrivée d'un merveilleux « rôti » de bœuf... bouilli. Et là encore, beaucoup d'ingéniosité : les mêmes sauces jaune, verte, rose et bleue servaient aussi pour la viande.

L'un d'entre nous réclama « a glass of water » : son effort, pourtant appréciable, de communication avec l'habitant ne fut pas récompensé à la hauteur de ses attentes. Ne savait-il pas qu'ici l'eau fade et bêtement limpide, qui aurait pu faire passer le goût des sauces, avait été avantageusement remplacée par une boisson colorée, à l'arôme médicamenteux d'orange synthétique, que l'on préparait en un minimum de temps en ajoutant un peu de poudre orangée dans une carafe ? La poudre orangée se vendait par baril de 5 kg, de quoi tenir un bon mois. Enfin, nous eûmes droit au « plateau de fromages ». Bien entendu, les anglais avaient également révolutionné le concept. Servir des fromages à l'air libre, ce n'est pas hygiénique. À la fin du repas, quelqu'un déposa sur la table une assiette remplie de tubes de dentifrice multicolores. Devant notre désarroi, la maîtresse de maison fit un grand sourire et dit « Cheese ! », tout en désignant les tubes. Nous ne comprenions toujours pas. « Cheese ! Cheese ! », répétait-elle, tout en pressant sur un tube de dentifrice. Il s'en écoula une pâte colorée, à la texture inconnue. Elle prit alors un autre tube, puis un autre... Dans son assiette, il y eut bientôt une multitude de petits tas colorés, disposés fort joliment. Nous comprîmes alors. Chaque tube renfermait un arôme différent de fromage : ananas, fraise, framboise, mangue...

Alors que nous pensions avoir tout vu, il nous restait encore à découvrir le « jelly », sorte de flanc flasque et translucide, aux couleurs fluorescentes, disposant de propriétés physiques surprenantes, dont celle de ne posséder strictement aucun goût. Trois paragraphes pour évoquer l'art culinaire anglais... C'est à la fois beaucoup et bien peu...

Si je me suis permis ce détour en Angleterre, c'est surtout afin d'évoquer le voyage du retour. Le souvenir de ce retour en France, je l'ai rangé précieusement, avec quelques dizaines d'autres, dans l'armoire où je conserve les douceurs, les réminiscences sucrées. Et pourtant, il ne s'est presque rien passé durant ce voyage de retour... Presque rien.

Nous avions pris le ferry à Dover. La mer était houleuse, le vent violent. Pendant la traversée, les trois quarts des passagers furent malades, avec plus ou moins de conviction. Comme je faisais partie du quart restant, j'affichai avec insolence ma bonne santé en m'installant au snack. Par pure provocation, j'ingurgitai devant des visages verdâtres un plat d'œufs au bacon.

Nous débarquâmes à Calais vers onze heures du soir. La traversée m'avait plongé dans un état de fatigue euphorique. Un car nous attendait. Son moteur se réveilla au moment où je montais à l'intérieur, toussa un peu et se mis à ronronner doucement, se préparant à avaler les 700 km d'asphalte qui nous séparaient encore de nos foyers. Je me laissai pousser vers le fond du car.

Il y avait une fille devant moi. Mignonne. Je regardais ses longs cheveux blonds, ses hanches, le temps d'arriver au fond du car. Là, elle s'assit sur la banquette arrière et me regarda. Pas longtemps. Une demi-seconde peut-être. Je m'assis à côté d'elle. Je ne connaissais pas son prénom. Un copain prit l'autre place à côté de moi, à ma gauche. Il me balança sans attendre : « Ça fait bizarre de se retrouver en France ». Je lui répondis que « oui, c'est vrai, ça fait bizarre. » Et pendant une heure, on discuta de savoir comment ça faisait bizarre, des disques qui étaient moins chers en Angleterre, de l'interro de math qu'on allait se taper en rentrant...

Au bout d'une heure, l'excitation qui suit toujours un départ était retombée : certains dormaient, quelques joueurs de tarot bâillaient, et nous commencions à trouver la conversation dénuée d'intérêt. Les répliques étaient de plus en plus espacées. Finalement, elles cessèrent. Dans la lueur bleutée des lumières de nuit de l'autocar, je m'assoupis et sombrai dans une vague rêverie.

Je ne sais combien de temps plus tard, je m'éveillai doucement. Pendant mon sommeil, j'avais glissé – inconsciemment ? – sur ma droite, tout contre le corps de la fille aux cheveux longs. Un peu paniqué, je regardai autour de moi, sans bouger. On ne voyait pas grand-chose, toutes les lumières étaient maintenant éteintes. De temps à autre, les phares d'un camion jetaient un flash jaune sombre à l'intérieur du car. La fille semblait dormir, ainsi que tout le monde autour.

Qu'est-ce que j'allais faire ? Reprendre ma place ? Ne pas bouger ? Je me sentais bien, je ressentais une douce chaleur dans tout mon corps. Imperceptiblement, je me rapprochai encore plus. Puis, je posai ma tête sur son épaule. J'étais à la fois fier et effrayé de cette audace que je ne me connaissais pas. J'avais peur qu'elle entende les battements de mon cœur. J'avais peur qu'elle ressente le léger frémissement qui me parcourait entièrement. À intervalles réguliers, un souffle d'air passait sur mon visage. C'était sa respiration. Et je respirais, heureux, cet air qui venait d'elle, cet air qui venait du plus profond d'elle-même.

C'est alors que je me rendis compte que je bandais. J'en fus étonné. Mais, dans ces moments-là, on ne cherche pas trop le pourquoi des choses...

Je souhaitais, banalement, que cet instant dure une éternité. Il fallait que cette nuit n'ait pas de fin, que ce car continue de rouler sans jamais arriver nulle part, que jamais ne cesse cette chaleur qui engourdissait mon épaule. Mais j'avais envie de plus, de beaucoup plus. Vingt fois, je décidai de dégager mon bras et de prendre sa main dans la mienne. Vingt fois, juste au moment où j'allais entamer ce geste que je pensais irrémédiable, irréparable, je renonçai. Puis, je pris conscience de la fragilité de l'instant, du souffle qui pouvait briser l'équilibre de ces merveilleuses secondes : peut-être n'étions-nous plus qu'à quelques kilomètres de Lyon ? Peut-être le car allait-il s'arrêter pour faire le plein, là, au bout de la ligne droite ? Peut-être allait-elle se réveiller ? Il fallait profiter de ces secondes, en extraire toute la substance, tout ce qu'elles étaient capables de donner. Là, maintenant, tout de suite.

Alors, avec la même peur qui m'avait envahi la première fois que je m'étais élancé d'un plongeoir de dix mètres, je posai, en tremblant, ma main dans la sienne.

Je suis resté ainsi un bon quart d'heure, caressant doucement la paume de sa main. Je n'ai jamais su – sûrement ne saurai-je jamais – si elle dormait vraiment.

Voilà... C'est tout ce que je voulais te raconter sur ce voyage en Angleterre. C'est étrange comme il est difficile de raconter ces choses-là. Ce sont des situations qui ont été décrites tant de fois, les mots en sont tellement usés, vidés de leur force, qu'il est presque impossible de ne pas sombrer dans le banal ou le ridicule. Mais si je parle d'envie d'esclavage ou d'homosexualité, alors là, tout change subitement : les visages deviennent graves, condescendants, l'allure gênée, comme si l'on venait de croiser un handicapé ou un grand malade.

Alors qu'il n'y a aucune différence entre cette scène qui s'est déroulée il y a quelques années dans ce bus qui revenait d'Angleterre, que chacun a vécue d'une manière ou d'une autre, et la même scène, entre deux garçons.

13

Ma première préoccupation, à mon retour sur Lyon, fut de me renseigner sur cette fille. Je m'adressai pour ça à un indic infaillible qui connaissait tout ce qui se passait dans le lycée et au-delà. Il s'appelait Rafiq, je crois. Je lui demandai, d'un ton que je voulais assuré et que je classais dans la catégorie « vieil habitué » :
« Dis, la fille là-bas, la blonde, elle est avec un mec ?
— Tu parles de Brigitte ? Ben mec, avec celle-ci t'as aucune chance, me répondit-il aussi sec. Elle sort avec Michel Altier.
— C'est qui ce Michel ?
— Il est en seconde trois. Je crois qu'il fait du rugby. Il a une moto en plus. Laisse tomber j'te dis. »

J'arrêtai là mes questions, abattu par la fatalité. Pour une fois qu'une fille me plaisait, il fallait qu'elle soit déjà maquée, avec un motard rugbyman, en plus ! Les sentiments d'infériorité et d'impuissance que j'éprouvai alors spontanément face à ce type que je ne connaissais pas arrêtèrent net mes tentatives de séduction.

La fin de l'année approchait. Dans le cadre du club photo, j'avais organisé un concours de photos de profs. Pendant une bonne partie du dernier trimestre, je passais mes cours avec un appareil caché sous mon bureau, dans l'attente de quelques mimiques professorales propices à mes noirs desseins. J'en remplis une bonne vingtaine de pellicules. Début juillet, j'organisai une expo réunissant les meilleurs clichés. Certains étaient méchants, comme ce panneau publicitaire pour un magasin de toilettage canin sur lequel figurait à gauche, sous la mention « Avant », une photo de notre prof de physique, tout ébouriffé, et à droite une photo d'un mignon petit cocker, sous la mention « Après ». D'autres étaient simplement comiques, comme ce trucage où nous avions transformé notre prof de math en bagnard. D'autres enfin, relevaient simplement de l'exploit, telle l'unique photo que j'avais réussi à prendre de Bédol, le proviseur-machine.

Il devait être environ 17h. Il n'y avait pratiquement plus personne dans la salle de classe où nous avions affiché nos photos.

C'est alors que Brigitte entra. Tralala. Elle était accompagnée, et pas par son frère. Lalalère.

Si j'avais eu le moindre doute sur l'identité du type qui l'accompagnait, les bottes, le cuir et le casque qu'il portait m'auraient rapidement fixé. Il était brun, cheveux courts, musclé, visage carré, avec des yeux noirs qui pétillaient.

Je ne sais pas comment, je sais un peu pourquoi, je ne savais pas du tout qu'une chose pareille pouvait m'arriver, à moi, mais... Tu m'excuseras pour l'expression un peu nulle mais je n'en trouve pas d'autres : je tombai amoureux. Là, comme ça, en une fraction de seconde. Du mec, bien sûr. Je ne voyais plus Brigitte, je ne voyais plus que lui. Ou plutôt si, je voyais Brigitte, mais comme un faire-valoir. Comme un ornement qui le mettait davantage en valeur, lui.

Je ne sais plus ce que j'ai dit alors. Je leur ai sûrement fait visiter l'expo, en racontant n'importe quoi, en essayant de me rendre intéressant. Il souriait. Je ne me rappelle que son sourire. Il enlaçait Brigitte, un bras autour de son cou, comme j'aurais crevé d'envie de le faire, quelques nuits auparavant. Il souriait. Le cuir noir de son blouson semblait faire partie de lui lorsqu'il bougeait, comme une seconde peau. Le casque de moto qu'il tenait, noir lui aussi, lui conférait une sorte d'aura de puissance qui me fascinait. Il souriait. Et puis, ils sortirent. Et je restai là, bêtement, avec ce sourire qui me revenait sans cesse, irradiant toutes mes pensées, paralysant le moindre de mes neurones, complètement inconscient de ce qui venait de se passer, parfaitement incapable d'analyser quoi que ce soit. Je ne savais pas si j'avais envie de m'effondrer en larmes ou de hurler de joie.

Je ne savais qu'une chose : j'avais envie de revoir ce type. Comment Rafiq avait dit qu'il s'appelait déjà ? Michel ? Oui, c'est ça, Michel Altier.

14

Ouf ! J'ai cru qu'on n'y arriverait jamais. Tu vois Hervé, on avance. Je sais, c'est long, beaucoup plus long que ce que je m'imaginais quand j'ai commencé à écrire cette lettre. Mais on avance. Le Michel, là, qui vient d'apparaître dans cette histoire, c'est le même que celui du cahier. Je dis ça pour te rassurer, que tu mesures un peu les progrès de la narration.

En fait, je dis ça surtout pour me rassurer, moi. Parce que pour toi, c'est facile : tu as un beau paquet de feuilles devant toi, tu peux les compter : « Bon là, j'en suis à la $n^{ième}$ page, il en reste encore tant, ça avance... Il me fait un peu chier avec son roman-feuilleton, mais ça se tire... » Alors que moi, là maintenant, je ne sais pas du tout combien de pages il me reste... Alors ça me rassure un peu de voir qu'enfin Michel est là.

Là-dessus arrivèrent les grandes vacances. Je ne me souviens absolument pas de ce que j'ai fait cet été-là. Mais je ne me rappelle que trop bien ma rentrée en première.

Nous eûmes droit au petit discours de Bédol, bien sûr. Puis le directeur des études des premières commença à énumérer la liste des élèves de chaque classe. Lorsque vint le tour de la « première S3 », je sursautai brusquement en entendant « Altier Michel ». Les noms étaient triés par ordre alphabétique, comme dans toute administration qui se respecte. Plus on avançait dans l'alphabet, plus mon cœur accélérait... Quand mon nom fut finalement prononcé, une secousse me traversa de part en part. Cela ressemblait à ce que j'avais ressenti une fois, après avoir laissé tomber dans un cinéma la chaîne en or que m'avait offerte ma mère pour mes treize ans. Je retournai au cinéma le lendemain. Mon cœur accélérait alors que j'entrais dans la salle, accélérait au fur et à mesure que je me rapprochais de la rangée que j'avais occupée. Accélérait encore alors que je me rapprochais du siège... Et là, par terre, sans y croire, je la retrouvai. Personne n'y avait touché.

La secousse que j'ai ressentie ce jour de rentrée de première fut bien plus forte. J'étais dans la même classe que Michel.

À partir de ce jour-là, commença un petit jeu tragi-comique. Je ne connaissais pas Michel. Il ne me connaissait pas. Je voulais devenir son ami. J'employais toutes les méthodes imaginables pour me rapprocher de lui, en faisant en sorte que cela ait l'air naturel. Je ne voyais pas cela comme des « méthodes » car ce n'était pas réfléchi, ni vraiment préparé.

Déjà, j'essayais de me retrouver à côté de lui en cours. J'y parvins seulement en anglais. Je tentais, plutôt que de l'approcher lui directement, de plaire à ses copains. C'est comme ça que j'ai connu Yves Deschamps, qui était aussi dans notre classe, et Jean-Louis Chouki, deux amis avec qui il jouait au foot dans la cour, entre midi et deux.

Moi, je jouais à fond la carte qui avait déjà fait mon succès en troisième : se vanter de ne rien foutre, déconner juste ce qu'il faut en cours et obtenir malgré tout de bons résultats. Cela marchait pas mal.

Michel, quant à lui, se demandait – les profs aussi d'ailleurs – ce qu'il était venu faire dans une première scientifique. Si l'on additionnait sa moyenne de math à celle de physique, en imaginant qu'il était noté sur 10, cela en faisait un élève moyen. D'ordinaire, je n'aimais pas que l'on me pompe dessus en interro. Avec Michel, il en allait bien sûr autrement. En quelques mois, je parvins à faire partie de ses copains.

Mais cela ne suffisait pas. Il fallait frapper plus fort. J'avais seize ans. Je décidai de passer mon permis moto. Les seuls deux-roues que je maîtrisais alors à peu près étaient les vélos. Je n'étais jamais monté sur une mob et encore moins sur une moto.

Mon premier cours fut mémorable. On me mit d'office sur une machine pétaradante, on m'expliqua en trois phrases qu'il fallait que j'embraye, là, avec la main gauche, non ce n'est pas un frein, que je passe la première en appuyant une fois sur un levier avec le pied – ah on change de vitesse avec le pied ? – puis que je relâche doucement la main gauche en accélérant. Bon. Je fus un peu brutal. La moto partit d'un coup, sans prévenir. Je me cramponnais au guidon et n'osais pas m'arrêter, trop content de ne pas avoir calé. Je n'osais pas non plus changer de vitesse. Je bouclai le petit circuit d'un kilomètre en première, le moteur hurlant. J'aurais volontiers continué si un moniteur ne m'avait pas engueulé en me criant de passer en seconde. Après plusieurs mois de cours laborieux, après avoir réussi la théorie les doigts dans le nez mais échoué deux fois à la pratique, je finis par décrocher mon papier rose, en mai 1985.

Dans la semaine qui suivit, je décidai mon père, plus facilement que pour l'ordinateur, à m'acheter une 80 cm3, un trail Yamaha.

Michel, lui, venait de revendre sa 80 cm3 Peugeot. Comme il venait d'avoir dix-sept ans, il fit l'acquisition d'une 125 routière d'occasion, carénée, vieille d'une dizaine d'années, et peinte de telle sorte que l'on eût dit une moto issue d'un vieux manège de foire, tournant au rythme d'une ronde enfantine.

C'était un bicylindre, mais du temps où je l'ai connue, il était rare que les deux cylindres fonctionnent en même temps. La plupart du temps, l'un des deux était arrêté, reprenant son souffle.

Mais c'était la moto de Michel. Elle était digne de respect et de toutes les vénérations, comme tout ce qu'il touchait.

Du jour où j'eus une moto, mes rapports avec le monde en général, et Michel en particulier, changèrent. J'y gagnais bien sûr en liberté. Je pouvais aller n'importe où, quand je voulais, sans tenir compte des horaires et des lois imposés par les transports en commun. Je pouvais aller à Lyon, à Grenoble, à Paris, en Chine, même, si je voulais : il suffisait de suivre la route, n'importe laquelle, loin, puis encore plus loin. Souvent je prenais la moto et j'enchaînais les routes au hasard, une fois à gauche, une fois à droite, pour le plaisir de rouler. Lorsque je ne savais plus où j'étais, je continuais encore un peu, pour prolonger la délicieuse sensation d'être perdu, puis je faisais demi-tour. Je n'allais jamais bien loin.

J'utilisais cette liberté nouvelle pour m'enchaîner encore un peu plus à Michel. Ainsi, il arrivait souvent qu'un « hasard » bien organisé fît que je passe juste devant chez lui, le matin, alors que sa moto était en panne – ce qui était relativement fréquent. Je l'accompagnais alors au lycée, ou plutôt, il m'accompagnait alors au lycée, car la plupart du temps, je le laissais conduire. Je montais derrière lui, et m'agrippais au porte-bagage. Parfois, l'idée de passer mon bras autour de sa taille, de me serrer contre lui me traversait l'esprit. Je rejetais cette idée. Je n'étais pas une fille.

J'allais quelquefois le voir jouer au rugby. Il paraît qu'il jouait bien. Il aurait pu tout aussi bien être nul, pour moi c'était pareil. Je ne comprenais alors pas grand-chose à ce jeu et, par définition, c'était forcément un dieu.

Nous allions aussi souvent faire du cross ensemble dans une carrière quelconque ou dans les chemins du col de la Luère, dans les monts du Lyonnais. Nous partions à deux sur ma 80 et, pendant des heures, nous roulions dans la boue jusqu'à ce qu'à force de gamelles – dont j'étais le plus souvent le triste responsable – nous cassions un clignotant, une poignée de frein ou d'embrayage.

Alors nous rentrions, penauds, égratignés et heureux.

15

L'année scolaire touchait à sa fin. Une de plus. Une de moins. Le bac de français approchait. Je révisais mon oral. À l'écrit, j'avais enfin assimilé le style plat, les constructions toutes faites, les plans en trois parties que l'on nous réclamait alors. J'obtins quatorze à l'écrit. Puis, quelques semaines plus tard, quatorze à l'oral. J'en étais plutôt satisfait. Je n'avais nul besoin de lecture pour m'occuper l'esprit, que Michel emplissait presque totalement.

En juillet, Michel avait déniché un job de cueillette de cerises dans les monts du Lyonnais, vers Bessenay. J'allais le voir, le plus souvent possible. Quand je dis possible, cela ne veut pas dire en tenant compte de mes propres contraintes : s'il n'en avait tenu qu'à moi, je serais resté avec lui vingt-quatre heures sur vingt-quatre. Je veux dire possible en tenant compte du fait que je ne voulais pas trop m'imposer. Alors, je restais à l'affût du moindre prétexte, du moindre signe de sa part qui aurait pu justifier que je vienne le rejoindre, pour une après-midi, pour une heure ou pour une seule minute.

Mais, bien trop souvent, je ne trouvais aucune raison crédible, rien d'autre que le sentiment insupportable du manque. Alors, quelquefois, sans qu'il le sache, je venais le regarder, de loin. Et je restais des heures, après la tombée de la nuit, à fixer sa tente du regard, à la lumière des étoiles d'un beau ciel de juillet, en pleurant.

Je crois que c'est à peu près à cette époque que j'ai commencé à me sentir malheureux. Il y avait peut-être 20% de mon temps éveillé où je ne ressentais rien : pendant les cours par exemple. Puis 5% du temps où je me sentais vraiment bien, euphorique, prêt à déplacer des montagnes : c'était, par exemple, après un coup de fil de Michel qui me demandait si je voulais faire du cross le lendemain. Mais cette sensation se dissipait en quelques minutes. Et enfin, il y avait les trois quart du temps où une angoisse sourde me nouait l'estomac, où je me demandais où était Michel, ce qu'il pensait de moi, pourquoi il ne m'avait pas appelé, qui j'étais, moi, pourquoi je ne me sentais pas attiré par les filles, comme tout le monde...

Ah oui, j'ai oublié de préciser. Je ne concevais absolument pas mon attirance pour Michel comme de l'homosexualité. Comme tout le monde, j'avais en tête l'image ridicule du pédé de la Cage aux folles. Je ne me sentais vraiment pas comme ça. Je ne voulais en aucun cas ressembler à « ça ». Déjà que je n'aimais pas la manière d'être des filles... Alors ressembler à la caricature d'une fille, cela me dégoûtait profondément.

Encore aujourd'hui, du haut de mes vingt-quatre ans, je le confesse honteusement, je ressens une forme de dégoût pour ces hommes. Le même genre de dégoût que l'on peut ressentir devant un tableau aux couleurs trop vives, écœurantes, un peu comme ces sauces anglaises. Ils n'y sont pour rien, mais je leur en veux, à tous ces pédés, de transformer, aux yeux des hétéros, l'amour vrai, sincère et total qu'un homme peut ressentir pour un autre, en une caricature grotesque, ridicule et vulgaire, dont on fait des films comiques. Oui, je sais qu'ils n'y sont pour rien. Si cela devait être la faute de quelqu'un, c'est évidemment celle des gens « normaux », en tout cas majoritaires, qui ne peuvent s'empêcher de ridiculiser ce qui ne leur ressemble pas, ceux qu'ils ne comprennent pas. Ces gens normaux qui sont même parvenus à me faire ressentir du dégoût pour des mecs qui, comme moi pourtant, aiment d'autres garçons. Qui sont parvenus à me faire croire que je n'étais pas gay.

Mais si je n'étais pas gay et que je n'étais pas hétéro... j'étais quoi ?

J'étais amoureux de Michel.

J'en avais tous les symptômes. Je l'admirais. Je me pensais prêt à tout pour lui. J'aimais, indistinctement, comme un tout, ses qualités, ses défauts, ses forces, ses faiblesses. J'imitais sans réfléchir tout ce qu'il faisait... Il avait une moto ? J'eus une moto. Il faisait du rugby ? Dès l'année suivante, je m'inscrivis dans le même club que lui. De l'escalade ? J'achetai la tenue du parfait petit grimpeur. Bien entendu, j'étais mauvais dans tous ces sports : je ne pouvais pas rattraper en un an toutes ces années pendant lesquelles j'avais fui maladivement tout ce qui se rapportait à une activité physique.

Je fus encore plus mauvais dans un autre sport où il excellait et où je tentais, là aussi, de l'imiter : la drague. Durant son année de première, Michel a dû sortir avec une bonne douzaine de nanas. Invariablement, j'étais toujours attiré par les mêmes filles que lui. Non que l'on eût les mêmes goûts. Mais si une fille plaisait à Michel, c'est forcément qu'elle était parfaite et, au moins, je ne risquais pas qu'il me sorte « Où est-ce que tu es allé pêcher ce thon ? »

De toute façon, cette année-là, je n'ai réussi à pêcher ni thon, ni fille, ni personne. Je tentais de plaire aux filles comme j'aurais essayé de plaire, si on m'y avait contraint, à une mante religieuse, à une bestiole mystérieuse, inférieure mais dangereuse, dont je ne savais rien ni des mœurs, ni des envies. Tu crois que les filles le sentaient ?

En plus, autant une fille pouvait m'attirer lorsque Michel était avec elle et l'embrassait, autant je la trouvais sans charme lorsqu'elle se retrouvait seule avec moi. Et je me disais : « Pourtant, elle devrait m'attirer, puisqu'elle plaît à Michel. »

Alors, je me forçais à discuter de tout et de rien, à entretenir des conversations sans queue ni tête. J'essayais de prendre les mêmes poses que celles que j'avais vu Michel prendre avec ses conquêtes. Et je me demandais comment il pouvait trouver la force – il semblait même y prendre du plaisir ! – de discuter avec ces nanas stupides qui ne savaient parler que de frivolités. Les filles ne m'aimaient pas beaucoup.

Ai-je changé ? Oui, j'ai appris à apprécier la féminité. De la même façon qu'un certain nombre de mecs finissent par accepter qu'ils ont aussi besoin de l'affection d'un homme, j'ai fini par accepter que j'avais aussi besoin des femmes. J'ai même fini par admettre qu'une femme n'est pas moins intelligente qu'un homme, c'est dire.

Mais je préfère toujours, et pour encore longtemps, la manière de voir la vie d'un homme : je ne peux me résoudre à rentrer dans le moule, avoir une maison, un chien, deux enfants, trois télés, et passer mes week-ends à tondre la pelouse, avec ma tendre épouse qui me regarde, souriante, par la fenêtre, en m'appelant « mon chéri ».

Décidemment non.

J'ai besoin d'espace, d'imprévus, de défis, de quelqu'un d'assez taré pour avoir envie de courir un marathon, de partir en moto, sous la pluie, faire une randonnée dans les Alpes en hiver.

J'ai besoin de... toi, emporté par le rythme enivrant de ton cœur qui bat, toi, rescapé du flux anesthésiant de ta télé, toi, attiré par l'horizon, la nature, l'aventure, toi dont le regard porte au-delà des pubs, des modes et de ton revenu annuel brut, toi qui réchauffes le sens du mot amitié, toi... J'ai besoin...

...

Bon, j'ai un peu dérivé et je ne sais plus trop où j'en suis dans mon histoire... En fait, je n'ai plus tellement envie de raconter... Ça fait un quart d'heure que je suis là, à regarder cette feuille, à dessiner des ronds, à rayer le paragraphe que je venais d'écrire, à le remettre, à ne plus avoir écrit une virgule. J'aimerais pouvoir tout résumer en une phrase, en un mot. Je me sens découragé : il reste encore cinq ans avant d'arriver à ce cahier que tu n'aurais pas dû voir. Et encore un an après... Je voulais finir aujourd'hui, j'en suis loin. Je me plaisais à penser que Michel, les filles, tout ça, c'était de l'histoire ancienne, une blessure encore visible, certes, mais cicatrisée.

Ben non. En fouillant à l'intérieur, cela s'est remis à saigner, un peu.

Et puis, en parallèle, il y a l'informatique, l'histoire de la société que j'allais créer, ma merveilleuse, mon extraordinaire, ma stupide réussite sociale, et tout et tout...

Et puis, il y a toi, Hervé.

Je me sens fatigué.

16

Je suis allé courir et j'ai laissé passer une bonne nuit. Ça va mieux.

Je pourrais reprendre la chronologie où je l'ai laissée : la fin de cette année de première; les grandes vacances dans un camping au bord de la mer avec Michel et son pote Jean-Louis; la remontée sur Lyon avec les trois motos – Jean-Louis avait aussi une 80 – et Michel, un cylindre en panne, qui traînait derrière; mon entrée en terminale; le divorce de mes parents; mes débuts laborieux au rugby; l'accident de moto où je m'éclatai le genou contre une portière de voiture; la première fille avec qui j'ai, vraiment, fait l'amour...

Ma première vraie cuite aussi, à l'occasion d'une soirée que Michel avait organisée chez lui. Aussi incroyable que cela puisse paraître, je crois que ce soir-là, totalement désinhibé par l'alcool, j'ai même trouvé le courage de réellement danser… Mais cela ne devait pas durer longtemps. Je ne tardai pas à vomir, puis à sombrer. Dans le cauchemar éthylique semi-conscient que je vécus alors, je me souviens de Michel qui me prit dans ses bras pour me porter dans sa chambre. Le cauchemar devint instantanément un rêve. Je me réveillai le lendemain par terre, au pied de son lit.

Encore plus près de nous, le bac, la mort de Coluche, les études que je décidai d'abandonner, contre l'avis de tout mon entourage, afin de me consacrer entièrement à l'écriture de ce logiciel qui allait m'apporter la satisfaction de créer, l'indépendance, et aussi pas mal d'argent.

L'argent, cette clé étrange qui referme insidieusement autant de portes qu'elle en ouvre de nouvelles.

Grâce à cet argent que je commençais à gagner, je m'achetai une moto plus puissante, une Suzuki DR400. Nous partions alors souvent avec Michel sur la moto surchargée. Nous partions n'importe où, par tous les temps.

Nous nous perdions partout où il était possible de se perdre. Nous étions comme deux frères.

Et puis il y a eu ce jour que je n'oublierai jamais… ce jour d'automne, dans une forêt du Vercors, où surpris par un orage, dans une tente montée à l'improviste, trempés, nos vêtements collés à la peau, Michel, sans prévenir, me prit dans ses bras, me serra contre lui, et m'embrassa. Et plus encore. Ce que je ressentis alors dans cet espace hors du temps, je ne l'ai jamais retrouvé. Cela demeurera la première, la dernière, et l'unique fois où nos corps se sont vraiment rejoints.

Quelques semaines plus tard, Michel devait tomber amoureux... d'une fille, Marie, à la fois douce et agressive. Mon monde s'écroula. Pour bien enfoncer les clous de ma croix, Michel allait me demander d'être témoin à son mariage.

Quelques années plus tard, il y a eu Yves, celui du lycée, et à qui je proposai de retaper avec moi l'ancienne ferme que je venais d'acheter à Charnay, dans le Beaujolais. Yves qui tombe amoureux à son tour... d'une fille, lui aussi. Décidément ça doit être à la mode.

Il y aurait plein de choses à raconter.

Mais je me rends compte qu'il était bien plus facile de parler de cet enfant qui allait devenir moi, de cet enfant proche mais déjà lointain, que de ces années récentes encore bien vivaces, ces années dans lesquelles tu ne vas pas tarder à apparaître, toi, Hervé.

Je réalise aussi que ça fait déjà depuis de trop nombreuses pages que je te gonfle avec mes histoires. Des pages où je ne parle que de moi, comme si j'étais un sujet tellement intéressant que je mérite un livre. J'étais parti pour écrire une lettre, une ou deux pages, et voilà que je me lance dans un roman, je ne me rendais pas compte.

Je ne voulais pas ça. Je voulais simplement dédramatiser cette histoire dans laquelle la vie nous avait projetés.

Je voulais te montrer que je n'étais, ni plus, ni moins, qu'un type comme les autres. Comme tout le monde, une goutte d'eau dans l'océan. Comme tout le monde, un océan dans une goutte d'eau. Ni plus, ni moins, un type comme les autres.

Et puis, je ne sais pas, Hervé, si tu as déjà ressenti cette impression formidable.

Cette impression d'avoir quelque chose en toi d'extraordinaire, de tellement démesuré, de tellement beau qu'il te faut absolument l'exprimer. Un truc fou et merveilleux qui s'agite, qui te triture l'estomac, qui cherche dans toutes les directions, qui te donne envie de crier, de hurler, d'éclater pour le laisser sortir. Cette sensation de pouvoir changer le monde, d'exploser de bonheur, d'irradier de joie si tu parviens à l'exprimer, si tu parviens à le donner. Même une toute petite partie suffirait... Si tu arrives à la donner, pure, elle suffirait, c'est certain...

Mais non. Voilà que cela s'infiltre hors de toi, déformé, atrophié, à travers des mots. Putain de mots. Si je pouvais m'ouvrir le ventre pour le laisser exploser au grand air, ce truc, si je pouvais le prendre délicatement pour le coucher sur une feuille blanche, encore plein de sang, encore vivant, encore palpitant... Je le mettrais là, juste après ce paragraphe. Mais non, des mots, encore des mots... Des feuilles blanches noircies... Putain de mots.

Je...

La dernière lettre

Hervé,

Te souviens-tu de cette lettre du passé ?

J'avais presque vingt-quatre ans alors.

Lorsque, tremblant, je t'ai donné l'enveloppe qui renfermait ces mots, bien comprimés, bien tassés, prêts à te sauter à la gueule.

J'en ai aujourd'hui presque quarante-huit, juste le double, c'est étrange.

Nous sommes en décembre 2015, il fait anormalement chaud.

Cette lettre, elle vient de me sauter à la gueule à mon tour, explosant d'un tiroir oublié, par surprise. Elle a pris son temps.

Je l'ai relue, et cela m'a donné envie de la montrer, de la crier.

Hervé... tu es mort il y a un mois, déjà.

Rien n'égalera les vingt-quatre années que nous avons passées ensemble.

« *Un livre a toujours deux auteurs : celui qui l'a écrit et celui qui le lit.* », écrivait Michel Tournier, dont la vie s'est éteinte, mais qui restera longtemps parmi les vivants.

Alors, puisqu'une fin c'est toujours aussi un début, le plus beau destin que je puisse espérer pour ce récit, c'est assurément qu'il vive, ne serait-ce qu'un peu, à travers vous qui venez de lire ces lignes.

Éric

À propos de l'auteur

Après la lecture de ce livre, il est probablement inutile de revenir sur les premières années de la vie d'Éric.

Sur le plan professionnel, Éric commença à travailler à seize ans, à coté de ses études au lycée. Il passait ses samedis et une large partie de ses vacances dans une petite boutique d'informatique, tenue par des pionniers passionnés et un peu fêlés. Il y vendait des ordinateurs Commodore, une marque depuis longtemps disparue. Au hasard des rencontres, Éric allait réaliser quelques programmes de jeux, un logiciel rudimentaire de traitement de texte hiéroglyphique pour un égyptologue qui passait par là, puis créer un logiciel de gestion industrielle pour le père d'un autre personnage rencontré dans la boutique miraculeuse.

Durant son année de terminale, il accumula plus de cent heures d'absence au lycée. Sur la lancée du travail fourni les années précédentes, il parvint à obtenir un bac scientifique, avec une moyenne en chute libre. Il fut néanmoins admis en Maths sup, mais réussit l'exploit de se tromper d'une semaine dans la date de la rentrée. Il abandonna Maths sup au bout de trois jours. Son père parvint à le faire admettre en prépa-HEC. Il y resta trois semaines.

À dix-huit ans, en s'associant avec un autre jeune de vingt-trois ans, il créa une société afin de finaliser le logiciel de gestion industrielle démarré durant ses années de lycée. Il ne faisait pourtant pas partie de ces jeunes dont la seule ambition est de créer une entreprise, peu importe qu'elle vende des caleçons ou des armes à fragmentation. En se lançant dans cette aventure, il tentait de fuir l'autoroute des études toutes tracées. Et la programmation lui apportait un réel plaisir : celui de créer. Il restait seul avec son ordinateur tandis que son associé s'occupait des ventes.

Diverses péripéties économico-tragico-comiques provoquèrent le départ de l'associé, et Éric se retrouva à vingt-quatre ans, en grande partie malgré lui, seul à la tête de la société. Ce changement fût certainement une chance. Mais il se retrouva en première ligne dans un rôle et avec une image qu'il eut beaucoup de mal à assumer : celui de chef d'entreprise. Il ne fut jamais à l'aise en costume, encore moins avec une cravate, et il est rare de le voir porter autre chose que des baskets. Éric n'aimait pas les commerciaux, et encore moins les financiers. Malgré ces tares, l'entreprise se développa, lentement, mais sûrement. Elle compte aujourd'hui une centaine de personnes et exporte dans le monde entier.

Éric cherchera par ailleurs à affronter quelques démons issus de son enfance. À vingt-quatre ans, il s'inscrivit dans un club de karaté, alors même que la violence et l'engagement physique continuaient de le paralyser. Des années plus tard, à quarante ans passés, il débuta la danse hip-hop. Rien n'est décidément jamais joué d'avance.

En décembre 2015, à presque quarante-huit ans, le destin le conduit face au besoin urgent de publier ce livre : « Lettre à Hervé », dont le texte est largement issu de la vraie lettre écrite vingt-quatre ans plus tôt, cette lettre qu'il vient de retrouver, oubliée au fond d'un tiroir. Cette publication, c'est un peu une thérapie. Alors, ce texte, il veut le publier sans avoir à convaincre un éditeur, sans avoir à écouter des suggestions de modifications, de suppressions ou d'ajouts… Il décide donc de le publier seul.

Il fait le choix d'un pseudonyme, ne souhaitant pas impliquer directement son entourage, et notamment ses parents. Sans vraiment réfléchir, il reprend comme un clin d'œil le nom qu'il avait choisi à quatorze ans pour signer « SOS TERRE », ce journal enfantin qui ne connut qu'un seul numéro. Le nom de Sagan ne faisait alors pas référence pour lui à Françoise qu'il ne connaissait pas… Il s'agissait d'un hommage à Carl Sagan, astrophysicien à la Nasa, et dont il venait de découvrir un livre qui allait le marquer durablement : « Cosmos ».

À propos de ce livre, Éric aime répéter : « Il m'a fait énormément de bien, il m'a fait rêver au-delà de l'horizon des possibles, il m'a fait ressentir combien nous avions de la chance de vivre dans un univers aussi extraordinaire, aussi riche, aussi ouvert à la diversité, aussi… magique. »

Ce livre est édité directement par l'auteur, sans aucun soutien de la part d'une quelconque maison d'édition traditionnelle.

Son unique soutien, c'est vous.

-----

*Pour écrire à l'auteur :
contact@ericsagan.fr*

*Facebook :
www.facebook.com/sagan.eric*

Imprimé en Allemagne par